suhrkamp taschenbuch 3256

AF196202

Die zehnjährige Lucie empfindet ihren Vater als eine Zumutung. Gegen die schöne Mutter, eine Kriminalpolizistin, ist er ein lästiger »Ausfall oder Ausrutscher«. Lucie kann nur hoffen, daß die Klassenkameraden »sie nicht mit dem da dort« sehen, wenn er mit schmutzigen Händen und ausgebeulten Taschen, aus denen es heraustropft, vor der Schule steht, um sie abzuholen. Was da tropft, sind diese »Dingsbums« oder »Herrlichkeiten«, deretwegen der Vater immer wieder in den Wald geht, die die Mutter hingegen abschätzig »Mulms« nennt und schon lange nicht mehr essen mag.

Peter Handke hat eine poetische und selbstironische Geschichte geschrieben über die Fremdheit und die Liebe, über die Annäherung an die wirklichen Dinge und das Geschichtenerzählen. Für Lucie im Wald mit den Dingsda erhielt er den österreichischen Kinder- und Jugendbuchpreis 2000.

Peter Handke
Lucie im Wald mit den Dingsda

Eine Geschichte

Suhrkamp

2. Auflage 2017

Erste Auflage 2001
suhrkamp taschenbuch 3256
© Suhrkamp Verlag Frankfurt am Main 1999
Suhrkamp Taschenbuch Verlag
Printed in Germany
Umschlag: hißmann, heilmann, hamburg
ISBN 978-3-518-39756-5

Lucie im Wald mit den Dingsda

Picture yourself in a boat on a river ...

(John Lennon)

»... ein Herz, das zugleich ein
Tropfen ist, eine Welt, eine Perle,
ein Ozean, ein Sklave und ein König ...«

(Dschalâl ud-Dîn Rûmî)

Lucie hieß in Wirklichkeit anders. Aber sie wollte nicht so heißen, wie sie wirklich hieß. Sie wollte Theodora, Aurora, Renata, Jelena oder auch nur zum Beispiel Lucie heißen. Und so heißt sie in dieser Geschichte jetzt Lucie.

Lucie war in Wirklichkeit erst sieben Jahre alt. Aber für die Geschichte, die sie erlebte, sollte sie schon um einiges älter sein. Und so hatte sie am Anfang dieser Geschichte gerade ihren zehnten Geburtstag gefeiert.

Lucie hatte in Wirklichkeit braune Haare und graue Augen. Aber sie wäre lieber schwarzhaarig und grünäugig gewesen. Und so – und so – und so weiter in dieser Geschichte.

Lucie lebte also in einem der kleinen Vororte einer riesigen Hauptstadt; wohnte zusammen mit ihren Eltern also in einem kleinen Haus mit großem Garten. Der Garten ging hinten ohne Mauer oder Zaun, mit kaum einer schütteren Hecke, über in einen über mindestens sieben Hügel sich ziehenden Wald. Der Vorort lag auf einem Abhang, Lucies Haus stand da zuoberst, und sie hatte dort vornehinaus einen freien Ausblick auf die Hauptstadt tief unten in der Flußebene. Versteht sich, daß diese Hauptstadt sich zum Meeresufer zog und daß der Fluß im hintersten Häuserhintergrund also in den Ozean mündete.

In der Schule einmal gefragt, was ihr Vater von Beruf sei, hatte Lucie geantwortet: »Gärtner«. Lucies Vater war also Gärtner, und die Mutter also Polizistin – ja sogar Chef der Kriminalpolizei, in einem der fast nur aus Hochhäusern bestehenden Nachbarvororte.

Lucie bewunderte ihre Mutter – nicht nur, weil diese beim Türenschließen, im Haus oder sonstwo, nie, nicht im leisesten, je eine Klinke drückte. Lucie fand ihre Mutter schön – und nicht nur, weil diese, selbst im Haus und Garten, oft in ihrer Polizeiuniform wirkte. Lucie liebte ihre schöne, bewunderte Mutter – nicht nur, weil sie sich von deren breiten Schultern von klein auf so wohlbeschützt fühlte.

Ihr Vater dagegen konnte Lucie eher nur leidtun. Er hatte ständig schmutzige Fingernägel, mochte er sich diese auch bürsten, soviel er wollte. Er war da, im Haus und Garten, und wirkte doch fast nie so recht da. Nicht bloß die Besucher – es waren immer die der schönen Mutter, die vorhatte, Politikerin zu werden! – übersahen ihn und hielten ihn für einen hereingeschneiten Fremden oder Arbeiter. Auch Lucie vergaß ihren Vater, selbst wenn er neben ihr am Tisch saß. Er fiel ihr höchstens auf, sooft er ins Zittern kam.

Ja, Lucies Vater war von Zeit zu Zeit ein Zitterer. Und zu zittern fing er insbesondere an, sowie er ihr bei etwas beispringen wollte. Er hatte gezittert, als er ihr in früheren Jahren den Mantel zuknöpfte. (Inzwischen, mit gut zehn, brauchte sie da seine Hilfe längst nicht mehr.) Er zitterte, wenn er ihr, die ums Leben gern rannte und dabei oft hinfiel, einen Verband anlegte. (Eigentlich brauchte sie auch da seinen Beistand längst nicht mehr und ließ ihn nur gewähren, weil ihm daran zu liegen schien.) Er zitterte, sobald sie beide in einen Bus einsteigen sollten – selbst in einen der gemütlichen Vorortbusse –, und zitterte dann neuerlich vor dem Ausstieg.

Er zitterte nicht nur, wenn er mit ihr unten in der Hauptstadt einen der großen Plätze überquerte, sondern auch beim gemeinsamen Queren der doch meist leeren, schmalen Vorortstraßen nah beim Haus. Er zitterte, wenn er einen Schlüssel umdrehen sollte. (Für manche, vor allem neuere, Schlüssel waren ihre Finger trotz ihrer gut und gern zehn Jahre in der Tat noch zu schwach.) Er zitterte, mit ihr allein im Haus, bei sich nähernden Schritten draußen auf dem Asphalt, selbst wenn das, allein schon dem Klang nach, nur die der heimkehrenden Kriminalchefinmutter sein konnten. Er zitterte am Morgen. Er zitterte am Abend. Er zitterte im Winter. Er zitterte im Sommer. Er zitterte im Sitzen. Er zitterte im Stehen. Er zitterte beim Essen. Er zitterte beim Lesen. (Ah, wie ganze Zeitungen und sogar ganze schwere Bücher da manchmal ins Zittern kamen.) Er zitterte beim Fernsehen.

Ja, Lucie konnte von ihrem Vater Zitterer ein Lied singen. »Kleiner Vater«, sagte sie dann eines Tages – »kleiner Vater« hieß er bei ihr manchmal, obwohl er gar nicht so klein war –: »Hör auf zu zittern. Zittere hinfort nicht mehr. Verstanden? Mein kleiner Vater, warum zitterst du?«

Und der Vater hatte auf der Stelle zu zittern aufgehört (wenn auch nicht für immer) und geantwortet: »Ich kann, Lucie, nicht umhin, zu zittern, aus mindestens zwei Gründen, deren einer, der vorrangige, darin besteht, daß ich als Kind mit meinen, wie du weißt, inzwischen längst verstorbenen Eltern, deinen Großeltern, in einem fort – so sagte man damals noch – auf der Flucht war, von einem Land zum nächsten, über eine Grenze zur andern – damals gab es noch Grenzen, aber diesen Ausdruck kannst du jetzt glücklicherweise vergessen –, daß ich demnach, mit einem Wort, ein Flüchtling war, während der zweite Grund dieses meines Zitterns mein damaliger Familienname sein könnte oder, besser, gewesen sein wird, welchen ich, indem deine Mutter mich zum Mann nahm, zwar endlich ablegen durfte zugunsten des Sippennamens meiner Frau, der, wie du wohl weißt, ›Strongfort‹ lautet – leider konnte ich nicht auch noch meinen Vornamen dem ihren angleichen, ›Lionel‹ entsprechend ›Lionella‹ –, der aber (ich spreche von meinem früheren Familiennamen) mir immer noch zeitweise in die Quere kommt, dadurch daß er, wie du noch nicht wußtest und jetzt endlich wissen sollst, in der Sprache des Landes, aus dem ich anfangs flüchten mußte, ›Zitterer‹ bedeutet und das dortzulande auch weiterhin bedeutet.«

Ha, so konnte Lucies Vater ihr nicht bloß leidtun, sondern auch »die Füße brechen« – was ein vorstadtüblicher Ausdruck für Lästigfallen war. Er wurde, wenn er, gottlob selten, den Mund auftat, ungeheuer umständlich. Vor allem war er vollkommen unfähig, in kurzen, einfachen, jedermann, auch einem Kind, verständlichen Sätzen zu sprechen. Nichts von dem, was er äußerte, konnte in klare Kürzel übertragen oder auf eine allgemeingültige Formel gebracht werden. So vermied es Lucie nach Möglichkeit, ihren Vater zum Reden zu bringen. Und wenn es ihr manchmal unterlief, kam es wie gerade erlebt.

Aber auch mit seinem wortlosen Tun brach ihr der Vater immer wieder »die Füße« (oder, wie die entsprechende Redensart im Nachbarvorort lautete, »die Bonbons«, oder, wie in dem dahinter, »die Weihrauchfläschchen«). Oft und oft wußte sie nicht, was das, was er gerade tat, eigentlich sollte. Warum rechte er den Garten zum Beispiel an einer Stelle, wo nicht ein einziges abgefallenes Blatt lag? Wieso drehte er sich im Gehen auf der Straße unversehens um sich selber? Was suchte er da schon wieder in all seinen Taschen, die er doch gerade erst so gründlich durchsucht und sogar sämtlich nach außen gestülpt hatte? Überhaupt war es höchst lästig, daß man nie wußte, wie man mit diesem Menschen dran war. Wenn die Mutter die Türe ins Schloß schlug: ja, das war sie, endlich, ihre schöne liebe Mutter! Der Vater dagegen schloß dieselbe Tür in der Regel so diebesleise, daß Lucie schon mehrmals Angst bekommen und gerufen hatte: »Wer ist da?« Ja, solch ein Wer-ist-da, das traf zu auf ihren Vater – der zwischendurch dann die Tür lauter zuschlug als je die Mutter.

Und außerdem war ihr kleiner Vater zuzeiten auch noch grund-, stock- und stinkhäßlich. Und besonders häßlich war er, wenn er von seinen Waldgängen kam. Und er ging oft in die Wälder und blieb dort lange. Nicht nur schmutzig von Kopf bis Fuß kehrte er dann heim, sondern auch entstellt; zum Nichtmehrwiedererkennen. Mit nicht allein vom Wind so zerzausten Haaren, mit den hervorgequollenen Augen und dem schiefverzogenen Mund stand der Vater mit einem Schlag auf Lucies Zimmerschwelle. Und er blickte nicht etwa auf seine Tochter, sondern stier vor sich zu Boden. Sein Kopf blieb gesenkt, und wenn er ihn endlich hob, wirkte der ganze Mann blind, jedenfalls blind für seine Tochter Lucie.

Und er hatte in solchen Momenten auch seine Stimme verloren. Höchstens ein Krächzen oder Quaken kam dann mit der Zeit aus ihm heraus, Laute in einer Sprache, die sie nicht verstand. Und was kroch dem Vater dort über die Stirn? Eine leibhaftige fette, haarige Raupe! Und was fiel ihm dort jetzt, mit einem Krachen wie von einem Stein oder eher einer hohlen Nuß, aus dem Rockärmel? Ein gepanzerter, schwarzblauschimmernder Riesenkäfer, mit verzweigten Hörnern vorne am Schädel wie der Vater Bambis – nur daß diese das einzig Vergleichbare blieben! Und was robbte da, schon in der Mitte ihres, ihres! Zimmers, mit einer Blinkspur hinter sich, auf sie zu? Etwas Grüngelbes, für Momente fast Durchsichtiges, dann wieder Tintenkleckshaftes – eine Waldschnecke, eine ohne jedes Haus auf dem Rücken, eine ohne nichts!

Und obwohl der Mensch immerfort starr in der Tür stand, weit weg von ihr, stank er – stank es von ihm hin zu ihr. Ein Geruch ging von ihm aus, stark, allmählich übermächtig, so wie bei dem einen und andern Vater der Schulfreundinnen der Geruch von Leder, Sägespänen, Metall – nur daß ihr eigener Vater in diesen Momenten ganz und gar nicht einen von diesen Gerüchen ausstrahlte, leider, und besonders leider nicht den von Lucie bevorzugten Geruch, den von Benzin. Nur ein Geruch in der ganzen Vorstadtnachbarschaft drängte sich ihr jeweils noch schärfer auf, und das war der aus dem Ziegenstall, den sich ein paar Straßen weiter irgendein anderer angeblicher oder wirklicher Flüchtling hielt. (Der ganze Vorort schien sich darin zu gefallen, eine »Stadt von Flüchtlingen« zu sein, mochten die jeweiligen Fluchten oft auch schon Jahrhunderte zurückliegen.)

Zu dem Gestank des Vaters, vor dem sämtliche Waldkleintiere, samt Spinnen und Würmern, sich hauswärts verliefen, kamen dann auch noch seine unmäßig ausgebeulten Taschen, deren Inhalt nicht nur große nasse Flecken außen auf dem Gewand hinterließ, sondern auch noch an nicht wenigen Stellen durch die Stoffporen tropfte. Fast war Lucie versöhnt, als der Vater einmal bei solch einer Rückkehr aus seinen Wäldern zu all seinem Kram zusätzlich noch eine lange scheckige Vogelfeder oben im Scheitel stekken hatte.

Doch ein andermal, als er sie von der Schule abholte, ausnahmsweise ganz vornehm gekleidet, sogar mit einem Hauch von Benzin an seinem fellbesetzten offenen Mantel, mit nur einer kleinen Reihe von ebensolchen Federn oben in seiner Anzugtasche, bekam sie tags darauf von ihren Mitschülern zu hören, seit wann ihr Vater denn mit einem toten Vogel herumlaufe.

Ja: mit Lucies Vater war, in keiner Hinsicht, ein Staat zu machen. Im Vergleich zu ihrer schönen, mächtigen – hoffentlich bald noch mächtigeren – Mutter war dieser Mensch eher ein Ausfall oder ein Ausrutscher. Und trotzdem sah es Lucie gerne, wenn ihre Mutter und ihr Vater zusammen waren. Erst einmal war die Schönheit der Mutter so überragend, daß sie auch etwas davon an den Mann daneben abgab – sogar an den Spezialfall da, sie hätte auch noch speziellere

Fälle überstrahlt –, und so waren die beiden zusammen, in Lucies Augen für alle Welt sichtbar, ein schönes, ein wunderschönes Paar! Und zweitens wollte es Lucie einfach, daß ihr Vater und ihre Mutter miteinander seien. Und sie, Lucie, wollte mit ihnen beiden, genau und einzig mit diesen beiden sein! Sie wünschte es sich so. Sie verlangte es so. Sie bestand darauf.

Lucie hatte nicht wenige Sprüche von ihrer Mutter übernommen. Und einer dieser Sprüche: »Ich bin es, die bestimmt!« war ganz besonders der ihre. Manchmal packte sie wortlos die Hand des Vaters und die Hand der Mutter und zwang oder fügte die zwei Hände zusammen. Und wenn der Mann und die Frau sich dann sogar umarmten (das kam vor), trat sie davor zurück: es war ihr, Lucies, des Kindes, Werk. Und kam es in der Folge, Himmel, gar zu einem Kuß, so stieß sie in der Regel einen gellenden Indianerschrei aus, klatschte in die Hände, feuerte an und gab weitere Anweisungen, wie die Zuschauerin ihres eigenen Films.

Lucie wohnte, nach eigenen Angaben, höchst ungern dort am Waldrand. Sie hätte ein Haus unten am steilen Meeresufer vorgezogen. Ihr Zimmer hatte zwei Fenster. Das eine ging hinten zum Waldhang hinauf, das andere hinunter in das Tiefland mit dem sogenannten Häusermeer und, an dessen Ende, dem richtigen Meer. Aus dem eher finsteren Wald tuteten nachtlang die Käuzchenschreie. Aus dem Häusermeer aber kam ein ständiges Rauschen und Brausen, das, wenn sie nur lang genug hinhörte, eine von abertausend gleichgestimmten Instrumenten gespielte Melodie war, und von dem richtigen Meer signalisierten sich ihr, ihr persönlich, Tag und Nacht die hellaufglitzernden, ganz anders tutenden Schiffe und Fähren.

Zudem war dieser Wald an seinem Eingang dicht verwachsen und verstrüppt. Massen umgestürzter Bäume lagen, lehnten und hingen in die Kreuz und in die Quer. Kaum verstummten vor dem Morgendämmern die Käuzchen, brüllten schon die ersten Rabenkrähen los. (»Raben«, so wollte es der Vater, aber sie wußte es besser und sagte es ihm auch – nur sprach der weiterhin unverbesserlich von »Raben«.) Oft überschnitten sich Kauz- und Krähenschreie, riefen aneinander vorbei, bis sie, für eine kurze Zeit, einander zu antworten schienen. Es war dann, als hebe der einsame Kauz die Stimme, eine leicht angerauhte, und aus den mehreren einander anbrüllenden Raben werde ein einziger, mit einem Anflug von Geflöte und Getriller in seinem Gekrächz.

Und danach gellte es vom Waldrand her die ganze erste Morgenstunde, sommers wie winters, und noch weiter auf dem Weg zum Schulbus, in Lucies Rücken von den Raubvögeln des Waldes, hauptsächlich den Falken, die, das wußte der Vater erst von ihr, dort vor allem die Lichtungen liebten – und das Waldinnere da wimmelte nur so von Lichtungen, Rodungen, Schonungen. »Gellen«, so nannte das Falkenschreien aber eher nur die kriminalpolizeiliche Mutter, während der gärtnernde Vater aus ihnen mehr ein »Schnattern« oder auch bloß ein »Zirpen« oder ein bloßes »Piepsen« heraushörte, bis Lucie dann wieder einmal ihr Machtwort sprach und bestimmte, die Laute des hiesigen Falken seien fortan als »Schmettern« zu bezeichnen. Sie alle drei, wie sie auf der Veranda, welche unsinnigerweise nicht zum Meer, sondern zum Waldrand ging, beim Frühstück saßen, horchten: Ja, richtig, die Falken schmetterten. Manchmal aber, leise, leise, zwitscherten sie, und man konnte sie mit Meisen verwechseln. Und eines Morgens mischte sich noch eine vierte Stimme in das Familiengespräch. Sie kam aus dem Nachbargarten und gehörte Wladimir, dem mit Lucie etwa gleichaltrigen Nachbarkind. Wladimir stammte aus Nordafrika und hieß eigentlich anders. Doch bei Lucie hieß er Wladimir. Und Wladimir sagte jetzt: »Nein: die Falken, sie wiehern!« War also der nahe Wald nicht doch ein verbindenderes »Gesprächsthema« (Mutter-Wort) als das ferne Meer?

Nein, nein, und nein!: Lucie zog es ganz und gar nicht in diesen Wald. Was anderes wäre es vielleicht gewesen, hätte es darin Felsen, Höhlen, Wasserfälle gegeben. Doch keine Spur von dem allem. Höchstens hier und da ein Steinblock, über den man beim Laufen stolperte, und hier und da ein Erdloch, hinab zum Keller eines einstigen Bunkers, woraus manchmal Stimmen kamen, verglichen mit denen die einstigen Höhlenmenschen mit Sicherheit (»mit Sicherheit«, wieder so ein Ausdruck aus ihrer Mutter-Sprache) Engelszungen gehabt hatten. Und statt eines Fließ- oder Sturzwassers gab es in diesem Wald höchstens Moraststellen und düstere Tümpel, aus denen, jedenfalls in Lucies Geschichte, sich aus sämtlichen Winkeln Alligatoren herausschälten.

Wenn es in diesen Wäldern überhaupt Wege gab, dann fast nur Hohlwege, und »ein Hohlweg«, so Lucies Spruch, »das sagt mir nichts«. Im Grunde hatten die Wälder auch helle Stellen, und eigentlich waren diese sogar in der Mehrzahl – eigentlich waren sie das Bestimmende. Aber diese Art Helligkeit, so Lucie, tat nur den Augen weh. Das Schlimmste in der Hinsicht waren die krankenhausweißen Häute der zigtausend Birken. Aber auch von den noch zahlreicheren Eichen und Eßkastanien – Lucie kannte alle Baumarten – war nichts Gutes zu erwarten. Von den Eichen trommelten laut Lucie ständig, nicht bloß im Herbst, die steinharten Eicheln, und wenn man vor diesem Waldhagelschlag Schutz unter einer der Kastanien daneben suchte, knallte einem da ein noch viel schwereres, größeres, wuchtigeres, dazu noch mit scharfen Stacheln bewehrtes Ding auf den Kinderschädel. Daß diese Früchte eßbar waren und ihr, zugegeben, sogar schmeckten, und sogar roh, wog in Lucies Augen den Nachteil nicht auf. Nein, der Wald, das war nichts für sie.

Wenn schon weg vom Meer, dann gleich ins Gebirge. Einmal, in einem Sommer, hatte sie mit den Eltern eine Zeitlang eine Hütte im Hochgebirge bewohnt. Das war in einer Gegend gewesen, wo nur noch spärlich die Bäume wuchsen. Es gab da nichts als das kurze Gras und dazwischen die nackten Felsen. Das Gras dort federte, und seitdem hatte Lucie immer wieder Träume, worin sie im Gehen mir nichts, dir nichts aufflog und auch schon hoch über der Landschaft schwebte. Nirgends war sie so gern zu Fuß unterwegs gewesen wie dort in den Bergen an der Baumgrenze: Solch eine Grenze, die war schön.

Und ins Laufen, Springen und buchstäblich ins Fliegen kam sie da, sooft sie gipfelwärts den letzten Zwerg oder Krüppel von Baum endlich hinter sich hatte. Kein noch kalter Regen hielt sie ab von ihrem Berganstürmen. Und es regnete in dem Sommer damals beinahe immerzu. Die Eltern dagegen: Nie, weder vorher noch nachher, hatte Lucie ihre Mutter so verändert erlebt. (Doch, nachher, einmal, im Lauf dieser Geschichte hier: davon später.) Eines Tages, als das Kind nach einem langen Ausflug im Freien in die Hütte trat, hockte dort am Herdfeuer ein zusammengeschrumpftes, faltiges altes Weiblein, ihr vollkommen fremd, so fremd, wie – Lucie wörtlich – »nur einer einem vorkommen kann, den man schon seit jeher gekannt hat«. Die Mutter und Polizeichefin trat all die Hochgebirgszeit kaum vor die Hütte, die eher ein bloßer Unterstand war. Der Felsberg, der Regen, die Tage und Nächte fernab von ihren gewohnten Funkfrequenzen, das war für sie die ärgstmögliche Strafversetzung.

Und mit dem Vater war oberhalb der Baumgrenze noch weniger anzufangen als sonst. Wo noch Bäume waren, wenn auch nur spärlich, da bewegte er sich in seinem Element, jetzt gebückt wie ein Jäger auf einem Pirschgang, jetzt stockend und nach allen Seiten witternd wie das gesuchte Wild in Person, jetzt – er, der einzelne, wie ein ganzer Stamm – querwaldein spurend und ausschwärmend, jetzt ins Tanzen geratend, ein Tanzen an Ort und Stelle. Im Baumlosen, Kahlen jedoch war es mit diesem Vater augenblicks aus. Er wußte nicht mehr wohin. Vor allem wußte er nicht mehr, wo hinschauen. Zwischen den Bäumen hatte er ausschließlich zu Boden geblickt, im Umkreis der Wurzeln und Strünke. Hier aber, zwischen nichts mehr als Felsen und Gras, ruckte und zuckte ihm der Kopf in einem fort sinnlos auf und nieder und hin und her, und vor allem rückwärts, bergab, in Richtung der letzten Bäumchen dort. Ohne die Bäume oder irgendein Zeug, das mit den Bäumen zu tun hatte, gab es mit dem Vater kein Zusammengehen.

Und bei aller Freude am Erstürmen der steilsten Hänge mit den dabei flügelleicht gewordenen Kinderbeinen: Versteht sich, daß sie, Lucie, jemanden nötig hatte, der mit ihr ging und insbesondere ihr zuschaute. Gleich jemanden? Nein. Den Vater und die Mutter. Beide. Die Mutter und den Vater.

Später einmal, wieder zu Hause, lud der Vater sie ein, mit ihm »auf den Berg« zu gehen. Ja, gab es denn in der Nähe überhaupt einen Berg? Ja, oben dort, hinter dem Wald. (Der Satz, womit der Vater das ausdrückte, dauerte wie üblich minutenlang.) Ein Berg! Und so wurde das dann das erste Mal, und eines der sehr wenigen Male, daß Lucie in Gemeinschaft ihres Vaters die Wälder durchquerte. Auf vielen, wie ihr schien, immer unnötigen Umwegen, wobei der Mann auf seine sattsam bekannte Weise ständig ausschwärmte und seine Schleifen zwischen den Bäumen zog, kamen sie endlich auch tatsächlich auf eine Art Gipfel. Doch dort – standen Bäume, genauso wie auf all seinen Abhängen. Und für Lucie war Berg nur, was kahl war. Und das da war demnach kein Berg. Auf so etwas zu klettern und da oben zu stehen, das war nicht ihre Sache. Wald und Berg gehörten, laut Lucie, nicht zusammen. Der da, dieser Mensch, ihr Vater, hatte ihr eine falsche Versprechung gemacht. Und an demselben Tag war es dann auch noch, daß er von seiner falschen Versprechung abzulenken versuchte, indem er ihr auf dem Abstieg, kreuz und quer durch die Wälder, seine verschiedenen geheimen Stellen mit dem Zeug, dem Kram, dem Krimskrams, den Dingsbums zeigte.

Dieser Dingsbums wegen war Lucies Vater schon die längste Zeit im ganzen Haus berüchtigt. Die Mutter erzählte immer wieder, und das nicht nur im kleinen Kreis der Familie, wie der Vater sich einmal kurz vor ihrer, Lucies, Geburt mit seiner hochschwangeren Frau unten im Zentrum der Hauptstadt in dem elegantesten Laden für den Kauf eines Kinderbetts verabredet habe und dort nach seinen üblichen Umwegen durch die Wälder angekommen sei mit einem Hut voll seines frischgesammelten – so das Wort der Mutter dafür – »Mulms«. Ihr anderes Wort dafür war: »Meine Leideformen«. Denn bei dem Anblick der feuchten, schleimigen, schwarzbräunlichen, durcheinanderliegenden Dinger in dem nicht nur von bloßen Messingstangen so glänzenden und blinkenden Weltstadtgeschäft hatte sie, obwohl sie von ihrem Beruf her eigentlich noch ganz anderes gewohnt sein mußte, sage und schreibe fast eine Frühgeburt erlitten.

Bei Lucies Vater dagegen hatte der Hohlweg, in dem er damals auf die »Herrlichkeiten« – so sein Wort dafür – gestoßen war, seitdem den feierlichen Namen »Der Vorgeburtshohlweg«. (Wieder so ein Hohlweg!) Und spätestens seit diesem Zeitpunkt sei der Vater besessen gewesen von dem Suchen nach jenen Dingern. Es wurde erzählt, daß er sie selbst in den mondlosen Nächten suchte, durch die Wälder streifend mit einer Taschenlampe. Und es ging die Sage, er setze auch im Winter, also zu einer Zeit, da das Zeug endlich Ruhe gebe, tiefverborgen unter der Erde, und nicht mehr da herauswachse, sein Suchen fort – kein Tag im Jahr ohne Suche.

Anfangs hatte ihn die Mutter gewähren lassen. Sie kostete sogar von seinen Mitbringseln, die er in der Küche, wegen des Geruchs bei geschlossenen Türen, zubereitete. (Sie waren demnach eßbar.) Und sie schmeckten ihr zunächst sogar, in Maßen. Aber dann – jeden Tag »wieder das da« – wurde es ihr zu viel. Überall im Haus häuften sich diese Waldwichte. Wenn sie nicht sofort, oft schon von weitem, stanken, stanken sie am folgenden Tag. Und wenn ihr Anblick im ersten Moment auch manchmal belustigen konnte oder vielleicht sogar unter Umständen sogar beinahe herzerfrischend war, so verloren sie dann doch um so rascher Glanz und Form dieser Frische: Oft schon beim zweiten Hinschauen erschienen die schönsten Farben dort stumpf, und die Dinger selber waren in der Hauswärme bald nicht mehr wiederzuerkennen, schwarz verschrumpelt wie Mäuse- und Rattendreck, und von einer Stunde zur andern mit Schimmel überzogen.

Selbst im Schlafzimmer der Eltern stapelten und schichteten sich zwischendurch des Vaters Fundsachen, ausgebreitet auf Zeitungen, geklemmt unter ein Mikroskop, aufgehängt an Trockenleinen mit

Wäscheklammern! Auf sämtlichen glatten und waagrechten Flächen im Haus, sowie der Mann auf Geheiß seiner Frau seinen flächendeckend ausgelegten Waldkram endlich beiseitegeräumt hatte, blieben danach kreisförmige Staubmuster in den hundert möglichen Schmutzfarben zurück, angeblich die dem Angeschleppten entfallenen »Sporen«, die in der Folge unter ein Spezialmikroskop genommen und mit einem Spezialapparat photographiert wurden.

Ja, so erzählte die Mutter: Seit seinen ersten Funden damals trat Lucies Vater, bis dahin bescheidener Gärtner, mit einem Male als Wissenschaftler auf oder gab sich jedenfalls den Anschein. Die Wissenschaftlerin im Haus aber, das war sie, die gelernte Verbrechensgelehrte oder – »Kriminologin!« (rief Lucie dazwischen). Ob die Mutter gefürchtet hatte, vergiftet zu werden? Nein, das nicht. Da vertraute sie ihm. Doch als sich mit der Zeit jene sogenannten Sporenkreise auch noch über ihren Toilettentisch spannen, weiß in gelb und rot in schwarz über die gesamte Fläche der da liegenden Handspiegel, da bestimmte die Polizeichefin, daß das Haus von den dafür verantwortlichen Elementen zu säubern sei, und zwar umgehend, radikal und endgültig. (»Definitiv!« rief Lucie dazwischen.)

Eine Zeitlang versteckte der Vater dann seine Waldherrlichkeiten überall im Garten herum, unter den Gebüschen, im Geräteschuppen, undsofort. Aber auch dort hatte die schöne Mutter sie bald aufgespürt und trat sie mit gezielten Fußtritten entweder durch die Hecke in den Wald zurück oder – »das ist freilich nur ein einziges Mal nötig gewesen« – »man zertrat sie«. Und es ging im Vorort das Gerücht, der Vater habe sich mit seinen Schätzen, samt Mikroskop und anderen Apparaten, abends auf den verlassenen Quai des kleinen Vorortbahnhofs begeben, oder er sei mit seinen Siebensachen zu den Handballspielen in die Sporthalle gegangen, den einzigen Stellen der Gegend, wo nachts ein helleres Licht brannte.

Lucie ihrerseits hatte die Anhängsel des Vaters von ihrem ersten bewußten Augenblick an verabscheut. Sie schob sie weg, sowie sie, noch ein Kleinkind, erstmals etwas wegschieben konnte. Sie stieß sie weg. Weg damit, sofort, aus meinen Augen! Wie unangenehm schon, wenn der Vater sie später dann von der Schule abholte und wartend, immer in der ersten Reihe, vor dem Schulzaun stand: Die andern in ihrer Klasse sollten ihn nicht sehen, jedenfalls nicht da dort, sollten sie nicht mit dem-da-dort sehen! Und unangenehmer noch, wenn der Vater sie nicht allein abholen kam, sondern zusammen mit andern, und noch unangenehmer, wenn diese andern, wie in der letzten Zeit immer öfter, Fremde waren, Ortsfremde, gar Landesfremde, mit denen der Vater sich in seiner ihr völlig unverständlichen Vatersprache unterhielt, in der Sprache seiner, laut Vater, »Mitflüchtlinge«: Kein Wort in dieser fremden Sprache, vor allem, wenn auch bloß ein einziger Hiesiger in Hörweite war! Und das Unangenehmste überhaupt: Wenn der Vater, erstens, wartend ganz vorne am Schultor stand, zweitens in Gesellschaft gleich mehrerer aus vollen Kehlen in dem fremden Kauderwelsch durcheinanderredender, sämtliches einheimische Sprechen übertönender Mitflüchtlinge, und, drittens, dazu noch, für jedermann in der Vorstadt schon auf zweieinhalb Meilen und gegen den Wind sichtbar und riechbar, alle seine Taschen ausgebeult und alle Hände voll hatte von seinen Wäldersattsamkeiten. Nicht bloß einmal war sie in so einem Fall, nach einem ersten Anlauf, gegen ihren

Willen, hin zu dem Vater, zurückgewichen in den hintersten Winkel des Schulhofs und hatte sich ihm erst wieder genähert, wenn die Luft rein war: Mitflüchtlinge verabschiedet, Taschen in den Rinnstein geleert, Mitschüler alle abgeholt. »Vater – ich komme!«

Anders als die Mutter hatte Lucie von der Walernte ihres Vaters nie auch nur ein einziges Produkt in den Mund genommen – bis auf jenes eine Mal, als sie in einem Buch las und nebenbei, versunken in die Lektüre, ein Stück Schokolade aß, wovon der Vater ihr dann sagte, sie habe gerade, ohne es zu wissen, erstmals von dem verabscheuten Zeug gekostet, und es habe ihr offenbar geschmeckt – wie hätte sie sonst mehrmals geschmatzt und sich die Lippen abgeleckt? Sie glaubte ihm freilich nicht. Und als der Vater ihr ein andermal etwas vorsetzte, was angeblich ein Mailänder oder Pariser oder New Yorker Schnitzel war, erkannte sie gleich mit dem ersten vorsichtigen Hineinbeißen, mit den Spitzen ihrer Zahnspitzen, daß – und schon den Teller weggestoßen.

Etwas ganz anderes war es, daß Lucie sich von klein auf mit den Dingsbums gut auskannte und zwischen deren ungezählten Arten und Unarten besser als die meisten Großen und im fraglichen Fall auch besser als der angeblich so kennerische Vater zu unterscheiden wußte und daß sogar die Namen der Waldbodenauswüchse ihr mit der Zeit geläufig waren, besonders die internationalen und die lateinischen: Sie war eben die Tochter ihrer Mutter, und das Wissenschaftliche lag ihr im Blut.

Und wieder etwas anderes war es, wenn Lucie, die doch nie bewußt oder gar freiwillig von einem der Dinger abgebissen hatte, deren Geruch und Geschmack auf eine solche Weise wiederzugeben wußte, daß dem Zuhörer, wenn ihm schon nicht das Wasser im Munde zusammenlief, so doch immerhin schön anders wurde: Sie war eben die Enkelin ihrer (hiesigen) Großmutter, die eine der berühmtesten Köchinnen des Landes gewesen war, ihr Portrait nicht nur ausgehängt in den berühmtesten Restaurants des Landes, sondern ihre gaumenphilosophischen Sprüche zierten die Speisekarten selbst in den heimischen Autobahnraststätten und Stehwirtshäusern. »Geruch junger Aprikosen mit einem Anhauch von Augusthaselnüssen im Moment ihres Aufgeschlagenwer dens, Zungenspitzengeschmack vordringlich nach Ingwerwurz mit einem Beiklang von Safran – nach dessen Verflüchtigungen im gesamten Gaumenbereich ein Sichausbreiten wie von zartestem Ganslebergparfait ...« (Lucie)

Zugegeben, daß es Lucie die wenigen Male, die sie als Kind mit ihrem Vater durch die Wälder kurvte, Spaß, nein, Freude machte, nach den Dingerchen Ausschau zu halten. Natürlich wog das keineswegs ihren kahlen, leeren Felsenberg auf. Aber es war immerhin etwas, es da, und da, und, schau!, da, und dort, und dort, und, schau!, dort auch, aus dem Waldboden gelb, rot, violett, rehbraun, apfelrose, birngrün hervorleuchten zu sehen. Überdies wurde sie jeweils schneller fündig als der Vater und fand auch mehr. Und dieses »Wer hat mehr?« spielte sie besonders gern. Es gab im übrigen nichts, an dem Lucie nicht auf der Stelle einen Ansatz oder Grund zum Spielen fand; kein Problem, das sie nicht alsbald, oft zur Erleichterung der Erwachsenen, verwandelte in ein Spiel, das auch eine Geschichte, ein Reim oder ein Lied sein konnte.

Lucie fand im Wald mehr als der Vater nicht bloß deshalb, weil sie so viel kleiner und dem Erdboden näher war, sondern auch, weil sie dort draußen im Handumdrehen ganz Suche wurde, so wie man ganz Auge und ganz Ohr wird. Der Vater dagegen verstand nicht zu suchen. Entweder fand er bloß zufällig, oder sooft er mit etwas ganz und gar anderem beschäftigt war. Scharfe Augen zu bekommen erst auf diese Weise – war das überhaupt ein Erwachsenenproblem?

> »Denk groß!
> sagte der Mann,
> der Entdecker sein wollte.
> Schau groß!
> sagte das Kind
> und entdeckte.«

Die Ausrede des Vaters dafür, daß er so wenig fand, war die folgende: er müsse zu seinem Suchen unbedingt allein sein. In Gesellschaft sehe er rein gar nichts. Immerhin finde er neben ihr, Lucie, weit mehr als neben sonst wem. Sooft er zum Beispiel mit seinen Mitflüchtlingen auf die Suche gehe, komme er dann regelmäßig als der einzige mit fast leeren Händen aus den Wäldern, von dem einen Mal, da er gemeinsam mit Lionella gesucht habe, zu schweigen. Und wie immer brachte der Vater das in einem einzigen, derart langen Satz heraus, daß Lucie ihn erst verstand, als sie ihn später am Abend bei einem ihrer Einschlafspiele in mehrere kurze zerlegte.

Besonders eines hatte die Mutter veranlaßt, des Vaters Waldfundsachen aus Haus und Garten zu verbannen: Das war der Forscherehrgeiz ihres Mannes, ein Buch zu verfassen über die Kleintierarten, die jeweils in den verschiedenen Gruppen und Familien seiner Dingsbums sich mit Vorliebe ansiedelten, einnisteten, vermehrten und ernährten. War es denn nicht »hochbemerkenswert« (so der Vater), daß es in der einen Spezies immer nur von den bestimmten *weißen* Maden mit den *braunschwarzen* Köpfchen wimmelte, in der zweiten Spezies dagegen immer nur von *roten* Feuerwanzen, in der nächsten in aller Regel einzig und allein von *Tausendfüßlern*, und in der vierten Kategorie exclusiv von den *spitzzangigen Ohrenschlüpfern*? Eine jede der aberhundert Dingsbumssorten mit ihrem eigenen, naturgesetzlichen Gastvolk, dem das Dingsbums als Freß- und Auf-

zuchtsbereich diente! War das nicht eine große Unter-
suchung wert? Wer mit wem?

Während nun aber die Mutter zu den verschiedenen, mitsamt ihrem Wirtsding vom Vater ins Haus
geschleppten Kleinvölkern sagte: »Nicht mit mir!«,
gehörte es zu Lucies wenigen Freuden dort im Wald,
zu zweit in den jeweiligen Fundstücken nachzu-
schauen, ob darin so ein Volk hauste, und wenn, ob
es auch in der Tat das vom Vater für diese Sorte vor-
ausgesagte war. Sie wetteten. Und das war dann eine
der Wetten, die er fast immer gewann und die Lucie
den Vater auch, ausnahmsweise fast mit Vergnügen,
gewinnen ließ. Im übrigen brach ihr der Mensch draußen im Wald seltener »die Füße« als im Haus, oder
im Vorort, oder gar unten in der Hauptstadt.

Auch wenn so ein Volk seinen Wirtsherrn schon verlassen hatte, zeigte sich, sowie sie beide das Ding dann
entzweischnitten, daran des bestimmten Volkes Zu-
sammenlebens-, Brut- und Wandermuster – wenn das
Volk verschwunden war, oft sogar klarer. Sie studier-
ten dieses Muster wie eine Landkarte: Straßen, Seiten-
wege, Verzweigungen, Quellen, Flüsse, Kanäle und

künstliche Höhlen. Und mit der Zeit konnte Lucie auch augenblicklich das da eingezeichnete Land benennen, will sagen, das besondere Volk, das da einmal zu Hause gewesen war. »Dieses Dingsda war die Heimat der Goldkäferchen. Und das war Glühwürmchenbereich. Und das jetzt ist Schlangenwurmland. Und das da Skarabärien!«

Es kam aber auch vor, daß die zwei Forscher im Innern eines der Dinger weder Volk noch sonst ein Getümmel oder dessen Spuren entdeckten, sondern nichts als ein Einzelnes, ein Einzeltier, ein Einzelwesen.

Und so hockte eines Tages in wieder einem Dickfuß, in einer kleinen, verborgenen Seitenhöhle, eine stille, rundliche, schwarzglänzende Gestalt. Ein Käfer? Eine Grille. Und sie hatten vorher schon, ausnahmsweise einmal beide auf dasselbe, auf eine solche gewettet! Aus dem Innern des Dickfußes war nämlich ein Zirpen gekommen. Und was tat die Grille jetzt? Sie schlüpfte stumm in eine Höhle *hinter* der Höhle.

Eins wunderte Lucie bei ihren spärlichen Waldgängen mit dem Vater im Lauf der Zeit am meisten: Daß
der Mann sich ständig irrte – sich in einem fort nach
dem und jenem Schatz oder Flitter bückte, und dann
war das in Wirklichkeit wieder nur ein Steinchen,
ein Blatt, eine Eichel oder sonst etwas. Und es wunderte sie zusätzlich, daß der Vater, obwohl er seinen
Irrtum längst erkannt hatte, nicht kurzweg weiter-
suchte, sondern ein jedesmal fast schulstundenlang
vor dem Blatt, dem Stück Rinde, der Waldblume, dem
Moospolsterchen stehenblieb, die Verwechslung ausführlich umkreiste, einen Schritt und dann mehrere
Schritte zurücktrat und vor dem Irrtumsstück sogar
in die Hocke ging und es beäugte durch seine Lupe.
Und Lucie wunderte und wunderte sich, wenn ihr
Vater mitten im Suchen sein Zickzack quer durch
die Wälder unversehens abbrach, innehielt und eine
Ewigkeit nur noch hinauf in die Baumkronen blickte, mit Vorliebe dorthinauf, wo gerade die für diese
Wälder typischen Wildtauben aufflogen. Er stand,
schaute und horchte. Nur brach er dann sein
Schauen und Horchen genauso plötzlich wieder ab
und schaute und horchte ganz woandershin.

»Nie suchst du zuende!« sagte Lucie bei ihrem vorläufig letzten gemeinsamen Weg durch den Wald. »Und du schaust auch nie zuende. Und du hörst auch nicht zuende. Nichts machst du zuende. Das ist doch kein Suchen. Und folglich ist es auch kein richtiges Finden!«

Der Vater antwortete (Vorsicht, Langsatz!): »Indem ich das bestimmte Ding, das ich hier suche, fortwährend mit diesem und jenem anderen verwechsle, gibt mir das die Gelegenheit, dieses andere, den Stein, das Blatt, die Rinde, die Wurzel, das Moos, auf eine Weise in Augenschein zu nehmen, wie ich das ohne die Verwechslung, beziehungsweise meinen Irrtum, niemals getan hätte, mit der Folge, daß mir sowohl einerseits das verwechselte Ding, wie jetzt hier diese gelbe Herbstschnecke, als auch andererseits Dasjenige, womit ich die Schnecke, Dasjenige suchend, auf den ersten Blick verwechselt habe, genauer und schärfer vor Augen gerät – das Verwechselte, in dem vorliegenden Fall die Schnecke, vor mein sinnliches Auge – das Gesuchte (Dasjenige) vor mein geistiges oder inneres Auge, was beides zusammen zuletzt, anhand meines nun zweifach geschärften Blicks (dem nach außen auf das anwesende, dem nach innen auf das abwesende Ding) zu jener Art der Betrachtung führt, welche der Philosoph und Wissenschaftler Pythagoras IRRTUMSBETRACHTUNG nannte und die er seinen Schülern nahelegte als die natürlichste und beste Methode, die Dinge der Welt miteinander zu vergleichen, voneinander zu unterscheiden und an einem jeden einzelnen seine Wesensmerkmale zu erkennen.«

Hier machte der Vater endlich einen Punkt, fuhr aber dann fort: »Wildtaubenschwärme, Vögel ständig auf der Flucht, Flügelschlag wie ein Gewehrknattern, dann eine Salve, dann ein Kichern, dann der Federnregen von den Fluchtbäumen, Fluchten jedesmal gleich wieder abgebrochen, im nächsten Baum gleich wieder Stillhocken, und noch vor dem ganz Stillwerden da das Weiterflüchten, graue, blaue Splitter im Waldhimmel oben, Geschoßsplitter? Märchensplitter? und schon wieder verschwunden im nächsten Fluchtbaum, so kleine, kleine Fluchten jeweils, und so kurze, kurze Rasten jeweils, und so den ganzen Tag und so das ganze Jahr lang auf der Flucht, und immer im Kreis, im selben kleinen Waldkreis, nie zuende geflüchtet, nie zuende geruht auf all den Fluchten, Flügelschlaggranatsalve, dann Gefiedergekicher, dann Federnfallen, grau, blau, grau, blau, und sonst nie auch nur ein einziger Laut von all diesen Wildtauben, einzige Vögel im Wald, von denen noch keinmal ein Laut hörbar wurde, kein Ruf, kein Schrei, kein Lied, kein Gurren, nichts als das Fluchtflattern, Fluchten an Ort und Stelle, kaum eine Flügelbreite weg, und derart flüchtend überleben sie, denn die Jäger suchen sie jeweils woanders, Fluchtvögel, laßt mich mitflüchten!«

Auch das ein vaterüblicher Langsatz, womöglich noch unsinniger als all die vorangegangenen. Nur konnte Lucie diesem da ausnahmsweise einmal bis zum Ende folgen. Weil sie ihn draußen im Wald hörte? Oder gerade, weil er so unsinnig war? Oder weil der Vater dabei ins Singen gekommen war?

Und wann kommt nun endlich die Geschichte? Was ist hier Sache? Loslegen, bitte. Und Schluß mit den langen Sätzen. Nie mehr lange Sätze. Nirgends mehr.

Auch das Bisherige war doch schon die Geschichte. Und dem, was nun folgt, entsprechen ohnedies fast nur noch Kurzsätze. Hoffentlich. Denn man kann nie wissen. Keine Geschichte läßt sich ja vorausplanen. Gott sei Dank. Und keine Geschichte erzählt sich von allein. Leider Gottes.

Lucie, wie gesagt, wunderte an ihrem Vater vieles. Doch was sie dann keinen Moment lang wunderte, war, daß er eines Nachts verhaftet wurde. Sie lag schon im Bett. Das Licht war aus. Das Zimmer war nicht finster. Sie schlief nicht. Sie fühlte sich wach wie noch nie. Sie »spielte Welt«. (Sie wollte mir aber nicht sagen, was das für ein Spiel war, wiegte nur den Kopf und begann, im Sitzen, zu tanzen.) Ohne daß es an der Tür geläutet hatte, stand sie auf und stieg die Treppe hinunter ins Wohnzimmer. Die zwei Polizisten hatten dem Vater schon die Handschellen angelegt. Alle Lampen im Haus waren an. Der Vater trug einen langen Mantel. War es denn schon Winter? Wo war die Mutter? Sie hatte Nachtdienst in der Nachbarstadt? Sonst hätte sie, die Chefpolizistin, die Verhaftung doch verhindert?!

In der Tür drehte sich der Vater noch einmal um, genau so, wie er beim Verlassen des Waldes sich regelmäßig noch einmal umdrehte. Und die paar Schritte draußen zum vergitterten Wagen ging er rückwärts, genauso, wie er nach dem Verlassen der Wälder draußen auf den Vorstadtstraßen noch eine Zeitlang rückwärts ging. Die Frau in Uniform, die neben dem Polizeifahrer saß, sah der Mutter zwar leicht ähnlich. Aber sie war dann klar jemand ganz anderer.

Das Weitere wußte Lucie nur vom Hörensagen. Der Vater wurde unten in das große Gefängnis der Hauptstadt gesperrt. Er hatte angeblich zusammen mit seinen Mitflüchtlingen ein Verbrechen gegen das Oberhaupt des hiesigen Landes geplant, eine Entführung oder etwas noch Schlimmeres. Dieses Oberhaupt war, was Lucie – sie begann sich allmählich wieder zu wundern – gar nicht gewußt hatte, ein König. Von keinem König hing doch ein Bild in der Schulklasse? Jedenfalls sollte dem Vater und seinen Mitflüchtlingen gleich am folgenden Tag der Prozeß gemacht werden, und das Urteil stand schon fest: der Tod. Und noch einmal mußte Lucie sich da wundern: War es denn möglich (»ein Ding der Möglichkeit«, wie ihr Vater sich ausdrückte), daß ein Mensch nicht nur sterben mußte, sondern daß darüber hinaus Menschen andere Menschen aus der Welt schafften und zunichte machten? Und diesmal wunderte sich Lucie wie noch keinmal in ihrem bisherigen Leben. Sie wunderte sich schrecklich.

Die Mutter war inzwischen endlich vom Dienst heimgekommen. Lucie brauchte ihr nichts zu erzählen: Sie wußte schon alles. Sogar ihre sonst so wunderbare, vollkommene usw. Mutter hatte ihrem Kind Lucie vorher von Zeit zu Zeit »die Füße gebrochen«, war ihr auf die Nerven gefallen, und zwar in einer einzigen Angelegenheit: Sooft sie vom Verbrecherfang, oder was es war, heimkam, hatte sie zu singen angefangen, aus Leibeskräften, kreuz und quer, auf und ab durch das ganze Haus, und immer stockfalsch. Wenn die Polizistin so falsch sang, hieß sie bei Lucie insgeheim statt Lionella Strongfort: »Linolea Fußbrecher«. Diesmal aber blieb die Mutter still – fürs nächste, für lange Zeit.

Noch nie übrigens war Lucie die Zeit so lang geworden wie in dieser Nacht. Lionella ging sich umziehen und zog sich dann noch einmal um, und dann noch ein drittes Mal. Auch der Vater, laut Hörensagen, zog sich um, mußte sich umziehen, mußte sich umziehen zum Sterben. Zuvor wurde er ausführlich geduscht, mit Schläuchen durch die Zellentür, warm und dann kalt. Und ein Dampfer fuhr unterdessen gemächlich am fernsten Horizont, von einem Ende der Bucht zum andern, nachtlang hin und her, auf einer Vergnügungsfahrt mit Feuerwerk, und im Wald grub sich ein neuzugelaufener Fuchs einen zwölf- oder gar sechzehngängigen Bau, und als Lucie auf die Küchenuhr schaute, waren dort inzwischen gerade erst drei Minuten vergangen. Seltsamstes und unheimlichstes aller Wörter, dieses »Und«.

Endlich aber fing nun die Mutter zu singen an. Sing, Mutter, sing. Meinetwegen auch rabenkrähenfalsch. Sing, so falsch du kannst. Und Lucies schöne Mutter, endlich umgezogen, in einem bodenlangen, mitternachtsblauen Kleid, hohen dünnen Absätzen – etwas an ihr ziemlich Neues –, mit auf die breiten Schultern fallenden Haaren – etwas an ihr ganz Neues –, mit einem Lucie noch nie aufgefallenen Rotschimmer in den Haaren, sang: freilich nicht lauthals wie üblich, sondern leise, herzlich leise, und auch ganz und gar nicht falsch. Zum ersten Mal sang die heimgekehrte Kriminalchefin richtig. Oder sang sie vielleicht so falsch wie seit je? Ja. Aber dieses leichte Falschsingen war das schönste Singen, das Lucie je gehört hatte. Je länger sie hinhörte, desto richtiger kam ihr dieser falsche Gesang da vor – mehr als bloß richtig. Die Mutter war zu einer zünftigen Sängerin geworden. Und wie schön sie so war – anders schön.

Obwohl sich Lucie in einem Nebenraum befand, war ihr das Gesicht der Mutter zum Staunen nah, besonders die Augen. In deren schwarzer Mitte war ein Pulsen, ebenso wie es Lucie einmal in einem Schulfilm über einen gerade entstehenden Stern oder Planeten gesehen hatte. Das ist also das Gesicht meiner Mutter! dachte Lucie in der Nacht. In den Augen des Vaters dagegen, in dieser Nacht ebenfalls staunensnah, pulste es kaum. Die schwarzen Kreise waren in dem grellen Gefängnislicht bloße Punkte. Und doch waren das da wie dort Augen, hauptsächlich Augen, reine Augen, Augen, die zum Beispiel ganz und gar keine Rabenaugen waren, nichts zu tun hatten mit Falken-, Reh-, Schweins- oder Hasenaugen. Es waren DIE AUGEN.

Mit diesem Augenblick tat sich, sprang, schnellte in Lucie eine bisher unbekannte Ader auf. Eine neue Ader. Eine Zusatzader. Eine starke Ader. Und sie lief aus dem Haus und machte sich auf den Weg.

Zuerst einmal zog sie einen großen Bogen durch die Wälder. Es war dort tief dunkel. Doch dieses Dunkel war seltsam klar. Die Sterne glommen oder blinkten, je nach Windstille oder Wind. Dazwischen funkte es von den ersten Flugzeugen. Hier und da waren auch bereits die Sucher unterwegs, freilich nicht solche nach dem Dingszeugs, vielmehr regelrechte Schatzsucher, wie das in letzter Zeit in Mode gekommen war. Diese neuartigen Schatzsucher spürten mit Sonden den in den Vorstadtwäldern vergrabenen oder auch da bloß versunkenen Metallen nach, gruben an den verdächtigen Stellen mit Spezialspaten Riesenlöcher in die Erde und waren zuletzt schon zufrieden und vielleicht sogar abenteuerstolz, wenn das verrostete Scheibchen unten an der Wurzel des mitausgegrabenen Busches einmal statt des üblichen Messingknopfes eine kleine, vor einem halben Jahrhundert verlorene, längst ungültige und als Sammlerstück wertlose Kleinstmünze war. Ängstigte sich Lucie, das

Kind, vor diesen nächtlichen Suchern? Nein, sie war eine, die »es nicht kalt an der Nase hatte« (eine Vorstadtredensart für »furchtlos sein«).

Die Sucher beachteten Lucie außerdem gar nicht. Überhaupt kam sie selber sich unsichtbar geworden vor, gleich mit dem Betreten des Waldes. In diesen war sie, anders als üblich durch die Hecke hinterm Haus, gegangen durch ein ihr fremdes, altertümliches Steintor, an dem die dicken Steine links und rechts die Form von Löwenköpfen hatten. Erstmals bewegte sie sich auf diese Weise allein durch die Wälder und hatte dabei doch das Gefühl, wie noch nie in Begleitung zu sein.

Ja, es war Winter. Doch Lucie war es weder kalt noch auch warm. Und eigentlich hätten, laut Wissenschaft, zu dieser Zeit längst keine Du-weißt-schon-was mehr in den hiesigen Hemisphären wachsen dürfen. Für deren unverbesserliche Liebhaber wurden sie auf die einheimischen Märkte gekippt aus Südafrika oder Chile, wo gerade Sommer oder Herbst war. Einzig den Amerikanern war, wie üblich, und so zuletzt auch in diesem Fall, die Kunsterzeugung geglückt, und demgemäß schossen dort jenseits des Meeres in tausend naturimitierenden Laboratorien die in sämtlichen Lehrbüchern unter allen Hervorbringungen der Erde als die einzig unzüchtbar geltenden Du-weißt-schon-was flächendeckend aus ihrer künstlichen Unterschicht aus Pferdemist, Eichelmulm und Maronenmoder und trafen mit chirurgischer Präzision megatonnenweise die geheimsten Herzenswünsche der Weltmarktkonsumenten. (Bei diesem Satz tat merklich der abwesende Vater mit.)

Lucie aber hatte es in der Ader gespürt: Trotz der Nacht und trotz der Jahreszeit würde sie nun die Dingsbums finden, und nicht auf dem Markt, sondern draußen im Freien, im Freien, im Freien. Und sie fand sie, tief-tief unterm tiefsten Laub, dabei nah-nah an einem Waldkinderspielplatz. Und sie fand sie, ein ganzes Schock, Riesen und Zwerge und Normalgrößen, so schnell, daß sie nicht einmal Zeit hatte, sich zu wundern. Mit ihnen im Arm, sagte sie zunächst nur: »Nein, die riechen ganz und gar nicht nach frischem Mehl, nach jungen Aprikosen, nach Anis, nach Nüssen oder nach sonstwas. Die Kerle riechen unvergleichlich. Oder sie riechen höchstens wie der Wald. Wie der Wald im Wald.«

So brach Lucie auf in die Hauptstadt, hinab durch den stillen Vorort und weiter hinab durch andere, schon lautere Vororte. Die Wintermorgensonne schien. Aber es hätte auch die Herbstabendsonne oder die Mitternachtssonne sein können. Als einziger begegnete ihr zunächst Wladimir, der Nachbarsjunge, ein Frühaufsteher. Lucie schenkte ihm einen Blick, und Wladimir errötete, flammendrot, morgenrot. Oder war es der Widerschein von den rotkappigen Genossen in Lucies Arm?

Der Vater verhaftet? Der Vater im Gefängnis? Im Traum hatte sie das schon oft erlebt. Und jetzt spielte sich das ab in der Wirklichkeit. Der Vater saß in seiner Zelle auf einem typischen Gärtnerstuhl, in der typischen Haltung eines Gärtners, während der Mittagspause oder nach Feierabend. Nur waren diesem Gärtner die Augen verbunden.

Der Weg hinab in die Stadt war gar nicht weit. Und doch, sagt die Geschichte, fühlte Lucie sich wie auf einer Reise – einer Expedition. Und das kam von dem Schock da in ihrem Arm. Schock? Ja, so wie man auch von einem »Schock Eiern« redete. Und sie trug die Dinger tatsächlich bergab wie ein Schock der zerbrechlichsten Eier. In den Wäldern oben war das Unterwegssein noch einfacher gewesen. Würde eines von denen ihr da aus dem Arm gleiten, so fiele es weich, insbesondere in den laubgepolsterten Hohlwegen, und bliebe wohl heil. Hier unten auf den Asphaltstraßen aber ...

Oben in den Vorstädten war das Transportieren fast noch ein Kinderspiel: wie üblich gab es auf den Gehsteigen kaum Passanten, und die wenigen sah man von weitem und konnte ihnen gut ausweichen. Hier unten in der Metropole aber ... Und es hing alles, alles davon ab, daß Lucie ihre hochzerbrechliche Ladung – zerbrechlich auch noch deshalb, weil einige aus dem Schock hart gefroren, zum Zerspringen gefroren waren – heil und unverdorben dort an das Ziel brachte.

Im Grunde hatte die Expedition schon begonnen im Augenblick des Findens. Da, zu Lucies Füßen, standen dunkel die Waldbodenwichte, und dort, tief hinten unten, durch alle die entlaubten Bäume aber klar sichtbar, standen die Wolkenkratzer in dem weißleuchtenden Häuserozean. So etwas hatte die Welt noch nie gesehen. Also? Expedition. Weltreise!

Die längste Zeit war Lucie mit ihrer Last ausschließlich zu Fuß unterwegs. Ständig wechselte ihr Blick dabei zwischen den entgegenkommenden Passanten und den Gestalten in ihrer Ellbogenbeuge. Anders als die Funde des Vaters zuhause wurden diese da, im Freien, weder schwammig, noch trockneten sie, noch verloren sie ihren ursprünglichen Duft und Glanz. Zwischen den Häusern, im Widerschein der zunehmenden Schaufenster und Autofrontscheiben, leuchteten sie sogar immer stärker. Auch die Halbgefrorenen, als von ihnen allmählich der Waldreif abtaute, färbten sich nicht etwa grauschwarz wie daheim in des Vaters Küche, sondern blühten, laut Geschichte, regelrecht auf. Und die Eigenart aller der Typen da nahm mit Lucies Annäherung an die Hauptstadtmitte eher noch zu. Bei jedem neuen Blick hinab zu dem Schock in ihrem Arm war es ihr, als bekämen die Leutchen mehr und mehr ein Eigenleben. Das eine

Mal wirkten sie stolz, das andere Mal jetzt besorgt – besorgt, in dem anschwellenden Getriebe und Geschiebe, um sich selber. »Keine Angst!« sprach Lucie zu ihnen hinunter. »Es passiert euch nichts, Freunde. Und ihr werdet in der Stadt hier noch wunder was erleben!«

Richtig abenteuerlich wurde es, als Lucie mit ihrer Sippschaft im Arm dann die öffentlichen Verkehrsmittel nahm. In den Bussen, wo ihr Platz wie selbstverständlich der für »Erwachsene in Begleitung von Kindern« war, fiel sie noch weniger auf als in der Untergrundbahn. Es herrschte dort Tageslicht. Und wenn die Passagiere überhaupt schauten, so eher hinaus oder auf die Gesichter der Mitfahrer. Fast war die Truppe daran, von diesen Großstadtbewohnern, die kaum von ihr Notiz nahmen, enttäuscht zu sein, und Lucie mit ihr.

Spätestens in der Metro wurde das dann anders. Mit dem künstlichen Licht in den Waggons und der Dunkelheit der Tunnelschächte blickten die Leute weder ins Freie noch einander ins Gesicht. Die meisten schauten schräg zu Boden. Und so sahen nun mehr und mehr, daß das Kind da mit etwas ziemlich Seltsamem auf der Strecke war. Manche schauten zweimal und auch noch ein drittes Mal hin. Sie trauten ihren Augen nicht. Andere wandten sich nach dem ersten großen Blick ab. Sie hielten die Dinger für bloße Attrappen. Wieder andere streckten auf der Stelle die Hände aus, um sie zu berühren, worauf Lucie schleunigst ihren Arm zurückzog: Nicht anfassen!

Fast jeder im Waggon nahm die Völkerschaft wahr. Nicht wenige taten freilich zugleich, als sei nichts, mit einem Lächeln in den Mundwinkeln, das sagte: Ah, geheime Kamera! Mich legt ihr nicht herein! So schlau waren nicht wenige der Hauptstädter, daß sie selbst das Erstaunlichste für gestellt oder inszeniert hielten. Fast niemand dort in der U-Bahn freute sich jedenfalls über den Anblick. Oder doch? Schau nur, wie hier und dort ein Auge blitzt! Aber nach so einem kurzen Aufblitzen wußte jedenfalls kaum einer, was mit seiner Freude anfangen. Oder? Oder doch? Und jedenfalls sagte die ganze Fahrzeit lang, kreuz und quer durch die endlose Stadt, niemand auch nur ein einziges Wort, selbst der und die und die und der nicht, die mit weitoffenen Augen in einem fort auf den farbigen

Haufen schauten und darüber das Aussteigen vergaßen.

Am gefährlichsten für ihre zerbrechliche Last waren dann die Momente nach dem Verlassen des Metrowaggons, im Gerempel und Gehetze der Gänge und Rolltreppen zurück zum Tageslicht. Lucie schob sich an den Wänden und Ecken vorbei, um ihre Leute vor dem Zerquetschtwerden zu bewahren. Sie verstand jetzt, daß ihre Mutter auf Macht aus war. Auch sie, Lucie, wollte mächtig sein; wollte diesen blindwütigen Haufen, der ihren Morgenlandschatz bedrohte, in Luft auflösen.

Endlich draußen, auf den geräumigen Gehsteigen der Avenuen und der Prospekte des Zentrums! Ab da gab es mit dem Anliefern kaum mehr Probleme. Aber drängte denn nicht die Zeit? Vielleicht. Nur kam nun Lucie der Vater zwischendurch ganz aus dem Sinn. »Vergiß den Vater zwischendurch!« Wer hatte ihr das eingeflüstert? Ein Wolf, draußen im Wald, bei der Fundstelle.

Und so setzte Lucie sich zwischendurch auf eine Caféterrasse, ihre Morgengaben ausgebreitet neben dem Trinkbecher. Und hier taten die Zuschauer auch endlich den Mund auf, der und jener zumindest. Man bestaunte. Man freute sich. Man war neidisch. Man erinnerte sich. Man erzählte, von Tisch zu Tisch. Und es war überraschend, wie viel gerade die Hauptstädter über solch einen Gegenstand zu erzählen wußten. Sie wußten über ihn nicht bloß Bescheid, sondern begeisterten sich daran. War das mit dem Unterschied zwischen Hauptstädtern und Landbewohnern demnach ein bloßes Hirngespinst?

Und es war, als hörten die, von denen die Rede war, die Dingsbums, die Figuren, die Gestalten, die Wesen, all den Geschichten über sich gespannt zu. Sie wurden gespannt und gespannter, und es spiegelten sich in ihnen mit der Zeit die Vorbeigehenden, die Reklamebilder, die Flugzeuge hoch im Himmel. Am Nachbartisch hörte ein Paar, das sich gerade in den Haaren lag, über diesem Anblick zu streiten auf, fürs erste wenigstens.

»Vergiß den Vater zwischendurch!« Und so ging Lucie mit ihrem Transport dann ins Kino. Die Mannschaft lagerte locker auf dem Sitz neben ihr, und jeder einzelne sah sich den Film so ruhig an, als liefe dergleichen bei ihm im Wald tagaus und tagein. Solche Helden wie die dort auf der Leinwand, die traten bei ihnen genauso auf. Aber einschlafen, das kam nicht in Frage. Sie blieben allesamt spitz- oder eher rundwach bis ans Ende.

In der Schlußszene des Films trat Lucies Mutter auf, in ihrem bodenlangen, mitternachtsblauen Kleid. Und da erst fiel ihr wieder der Vater in seiner Zelle ein. Schnell zum Gefängnis! Sie leckte mit ihrer Zunge, die ihr dabei seltsam lang vorkam (als sei es gar nicht ihre eigene), an einem aus ihrem Gefolge. Wer hatte ihr das gewiesen? Wieder der Wolf. Jedenfalls stand sie fast im nächsten Augenblick schon vor dem Einlaßtor. Was konnte doch zuzeiten für eine Macht in einem sein, wunderbare Macht.

Die Wärter verweigerten ihr zunächst den Zutritt. Dann aber bemerkte einer von ihnen ihre Begleiter. Und noch nie hatten eine Miene und ein Tonfall sich so rasch verändert. Ha, sein ganzes Gesicht wurde ein anderes, und seine ganze Stimme wurde eine andere. Und eben das geschah dann auch mit seinen Mitwärtern. Ich, du, er, sie, es, wir, ihr, sie hatten einmal, vor sehr langer Zeit, mit diesen Sachen oder Wesen zu tun gehabt, es nur vergessen. Und jetzt fiel es uns, euch, ihnen wieder ein. Ah, damals im Wald, an der Großen Lichtung, mit dem Großvater, der Schwester, den Brüdern! Alle dort an der Sperre redeten aufgeregt durcheinander. Es gab nur noch einen Gesprächsstoff. Endlich ein gemeinsames Thema. Und eines, über das sie sich aufregten, nicht, weil sie über es stritten, sondern weil sie über es einig waren! Einig im Handumdrehen auch mit den zufällig Vorbeikommenden (seltsam, wie viele doch an dem Gefängnis »zufällig vorbeikamen«), die anhielten, Fußgänger, Autofahrer, LKW-Fahrer. Wenn sie sämtlich so laut wurden, dann nicht, weil sie stritten, sondern weil sie einig waren.

Selbstverständlich kam Lucie nun durch die Schranken. Sie bückte sich, war durch und im Hof. Auch andere durften auf diese Weise hinein, zum Beispiel die Angehörigen der Mitflüchtlinge, die als Kompli-

zen der angeblichen Verschwörung des Vaters ebenfalls in der Todeszelle saßen.

Eigenartiger Gefängnishof mit einer Art Weiher oder
gar See in der Mitte und einem Bambuswäldchen am
Ufer, wo die graublauen Wildtauben aufflogen mit
einem Knattern wie von aufziehbaren Spielzeug-
vögeln! Doch Lucie wunderte sich inzwischen längst
über gar nichts mehr. Das alles gab es, und es gab
solche Tage.

Als sie gefragt wurde, zu wem sie in der Sache ihres
Vaters wolle, sagte sie: »Zum König!« und zeigte zugleich ihre Mitbringsel vor. Darauf wurde ihr eine Art
Brotkorb gereicht, in den sie ihre Leute feinsäuberlich
einordnete. Sie hatte jetzt beide Arme frei, und so
wurde sie zu dem König geführt.

Es saß da auf einer Art Thron ein Mann mit einer Art
Krone, einem Szepter und einem Brokat- oder Fell-
mantel. Aber das war der falsche König. Lucie hatte
das sofort durchschaut. Und so bekam sie gleich ne-
benan den wahren König zu Gesicht. Der trug einen
Straßenanzug, an dem ein Knopf fehlte. Und er resi-

dierte in einem Keller. Doch was für ein Keller war das. Wenn es in der Welt je so etwas wie »Gemächer« gegeben hatte, dann waren das die dort tief im Untergrund, ausgeleuchtet von einem Himmel von Kronleuchtern, welche, Gipfel der Vornehmheit, unsichtbar blieben. Was es nicht alles gab!

Der echte König freute sich über sein ganzes Königsgesicht – eben königlich –, sowie er des Schatzes im Brotkorb ansichtig wurde. (In dem Kronleuchterlicht erschien dieser auch an seinem goldrichtigen Platz.) »Meine Leib- und Lebensspeise!« rief er aus. Was, die Dingsbums da sollten die Leibspeise eines Königs sein? Ja, klar doch, die Dingsda waren seit unvordenklichen Zeiten das Lieblingsgericht der wahren Könige. Den falschen König hatte Lucie auch daran erkannt, daß er bei dem Anblick ihrer Garde das Gesicht verzog. Der wahre König dagegen verfaßte davor – noch so ein Zeichen echten Königtums – aus dem Stegreif ein ziemlich chinesisches Gedicht:

> »Meine Stimme
> wird zum Wind
> im Walde
> beim Leibspeise-Jagen.«

Die eigentliche Geschichte, oder der Kern der Geschichte sowie ihr Ausgang, erzählt sich, wie alle eigentlichen Geschichten, kurz: Der König staunte, und machte dann staunen, wie es sich für solch einen König gehört. Nachdem er den Korb in Empfang genommen hatte, erklärte er erst einmal die Mutter, die in ihrem mitternachtsblauen Kleid unversehens mit in dem Kreis stand, zur »Königin für einen Tag«, womit der Ehrgeiz der Mutter, Politikerin zu werden, auf ganz unverhoffte Weise seine Erfüllung fand. Und dann begnadigte er den Vater, und mit ihm auch die Mitflüchtlinge, und ordnete die sofortige Freilassung aller aus der Todeszelle an. Nein, es war keine Begnadigung, sondern eine regelrechte Aufhebung und Nichtigerklärung des Urteils: Die Dinger da in dem Korb waren ein Unschuldsbeweis wenn nur je einer. Diese Dinger, das waren die geraden Gegenstücke zu Granaten oder sonst etwas! Und da stand der Vater schon vor Lucie und seiner Königin für einen Tag, mit unverbundenen Augen und im Ausgehanzug. Und die Rettung durch sein Kind war ihm ganz selbstverständlich.

Zugleich wurde überhaupt die Todesstrafe abgeschafft, mit sofortiger Wirkung, für sämtliche Länder dieser Erde. Und zuguterletzt stellte der König Vater, Mutter und Tochter für die Heimfahrt noch ein spezielles Boot zur Verfügung. Dieses fuhr sowohl zu Wasser wie auch zu Land. Es fuhr sogar bergauf. Es kam, wie es kommen soll!

Auf diese Weise erlebte Lucie dann endlich einmal das offene Meer. Das Boot hieß »Delphin«. Bei gutem Wind tauchte es durch die Bucht und nahm zuletzt in hohem Bogen Kurs auf die Vorstadt. (Diese hieß übrigens INTSCHADIA.) Die Nacht war hell. Keiner der drei in dem Boot sprach ein Wort. Lucie, die übrigens eine Leserin war und für ihr Leben gern Bücher las, hatte einmal in so einem Buch von einer ähnlichen kleinen Gesellschaft gelesen: »Das Schweigen versprach sich selber das Schweigen und zeigte sich voller Liebe.« Sie begriff davon nichts und begriff doch alles. Und sie dachte an den König. Sie hatte ihn noch nie gesehen, und doch kannte sie ihn. Ebenso hatte sie das Königsschloß noch nie gesehen. Und doch hatte sie schon darin gewohnt, in allen Gemächern.

Intschadia und das Haus lagen unverändert am Wald. Lucie, die Mutter und der Vater saßen auf ihrer Waldwärtsveranda beim Frühstück, das auch ein Vesperbrot oder ein frühes Abendessen sein konnte. Garten und Wald waren voll von Möwen, weiß, gischtweiß. Die Mutter hatte schon einen Teil ihrer Polizeichef-Uniform an, die Pistolentasche hinten umgeschnallt.

Endlich machte der Vater dann den Mund auf. Er sagte: »Nichts mehr suchen. Im Garten bleiben. In den Wald gehen nur noch mit nichts zu suchen im Sinn.«

So kurze Sätze hatte Lucie von dem Vater noch keinmal vernommen, unglaubhaft kurze Sätze!

Und wieder schwieg die ganze Familie, lange, lange. Dann wiederum der Vater, an die Mutter gerichtet: »Liebe, reich mir den Sankt-Georgs-Ritterling – ich meine, das Salz – und dort den Juanito de San Juán und den Boletus edulis – will sagen, das Olivenöl und die Kapern. – Ein Licht ist das heute draußen im Wald, wie auf der Haut eines frisch aus der Erde getretenen

Apfeltäublings! Warum macht ihr zwei denn ein Gesicht, als hättet ihr gerade in einen Gallenröhrling gebissen? – Wie geht es dir, meine Krause Glucke, mein Eichhase, meine Petschurka, mein Hallimasch, mein Amethystling, meine Goldstielige Cantarella, mein Maronenröhrling, meine Rotkappe?«

»Ich heiße Lucie, lieber Vater«, wollte sie sagen. Aber sie schwieg. Alle drei schwiegen. Und schwieg dort im Nachbargarten nicht noch ein Vierter mit? Aus den Wäldern kam ein Spätherbst- oder Vorfrühlingssausen. Die Mutter wirkte von allen am stummsten. Und zugleich sang sie, sang und sang. Gab es das? Ja, das gab es.

Dann endlich sprach Lucie. Sie sagte einen sehr langen Satz, einen Satz so lang, daß er auf einem anderen Blatt, in einem anderen Buch, in einem Buch für sich allein stehen müßte. Hier nur seine Kürzestfassung: »Die Mutter, während sie aus dem Haus geht, bleibt hier in dem Vater, der, indem er allein durch Garten und Wälder streunt, bei der Mutter und bei mir, Lucie, bleibt, die seit heute nacht aber mindestens zwei Mütter und zwei Väter hat, wobei die eine der beiden

Mütter hier vor mir am Tisch sitzt, auf dem Sprung in die Polizeidirektion der Nachbarstadt, und die andere weiterhin unten in der Hauptstadt die Königin für einen Tag ist, wozu der erste meiner mindestens zwei Väter springlebendig und froh über nichts und wieder nichts hier im Haus aus dem Fenster schaut, während mein anderer Vater weiterhin unten in der Hauptstadt in der Hinrichtungszelle sitzt und die tödlichen Giftspritzen schon gefüllt, überprüft und einstichbereit sind.«

Ihr Vater, der Zitterer? Nein, am Ende der Geschichte war es Lucie, das Kind mit den Kaleidoskopaugen, das ins Zittern kam. Sie zitterte.

Das letzte Wort freilich hatte wie immer die Mutter. Nur war, was sie diesmal sagte, etwas ganz anderes als das Übliche.

Sie stand schon in der Haustür, gestiefelt, gegürtet und bemantelt. Und plötzlich sagte sie: »Man weiß nie.« Doch was die Mutter dann noch sagte, kam das nicht von ihnen dreien, oder vieren?, gemeinsam, fast einstimmig?: »Noch nicht ... und noch immer nicht ... und auch jetzt noch nicht ... aber: Jetzt! Schnee! Es schneit.«

Das ganzletzte Wort freilich kam aus dem Nachbargarten, von Wladimir, dem Jungen aus dem baumlosesten Hohen Atlas in Nordafrika, und es war arabisch und lautete: »Labbayka!«, das heißt: Ich bin hier!

Und im folgenden Sommer saß Lucie auf einer Waldlichtung im Gras und las diese ihre Geschichte.

(Dezember/Januar 1998/1999)

Suhrkamp Verlag GmbH
Torstraße 44, 10119 Berlin
info@suhrkamp.de
www.suhrkamp.de